搖啊搖 搖到清朝橋

文◇王文華
圖◯林廉恩

審訂／臺灣大學歷史系名譽教授 高明士

楔子——

你可能不知道的可能小學

在可能小學裡，沒有不可能的事。

例如，可能小學位於捷運動物園站的下一站。

動物園已經是最後一站了，還有下一站嗎？

當然有。

因為「可能小學站」才是貨真價實的終點站。遊客通常只急著在

動物園站下車，趕著去看長頸鹿和大象，卻沒注意到車廂裡，還有一群小朋友，神情興奮的等著去上學。

因為，只要踏進可能小學，每一節課都精采得不得了——

其他小學的學生在課本上讀火箭的原理，可能小學的學生直接在操場上發射火箭。

其他小學的學生在書上了解北極熊，可能小學卻在某個星期三下午，下了一場好大的雪。

漫天的白雪，下了三個小時，操場上，出現一隻北極熊追著一隻企鵝跑。

北極的熊，南極的企鵝，在可能小學才可能同時看到。

喜歡美術的謝平安，熱愛學習的愛佳芬，就曾在上社會課時，有過幾次奇妙的經歷。

上一回，他們準備跟著大甲媽祖去繞境，愛佳芬的平安符碰到廟裡的木船浮雕，浮雕竟然帶他們回到明朝，遇見鄭和下西洋歸國時的盛景。

而他們知道，只要找到連結現代與過去的「鑰匙」，就能回到可能小學。

秦朝的竹片、唐朝的銅鈴，而在明朝，就該找到那個平安符。

在他們尋找平安符的同時，撞見一位白臉太監。凶惡的白臉太監緊追不捨，幸好有位大鬍子叔叔帶著他們登上鄭和的寶船，在船上的媽祖神龕上拿到平安符，他們才能回到現代。

有那麼一瞬間，愛佳芬覺得大鬍子叔叔好像玄章老師。

「是嗎？怎麼可能呢？」玄章老師搖著頭說，那神情簡直就和大鬍子叔叔一模一樣。

那接下來呢？接下來呢？

目錄

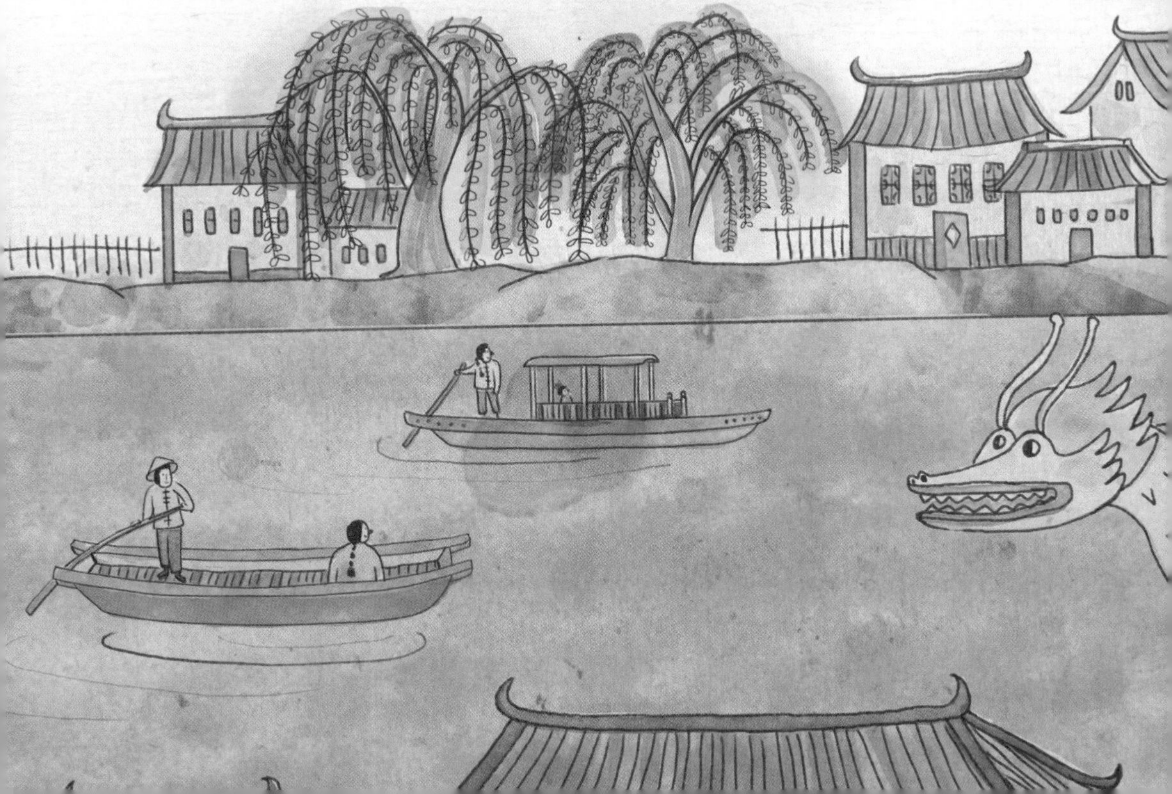

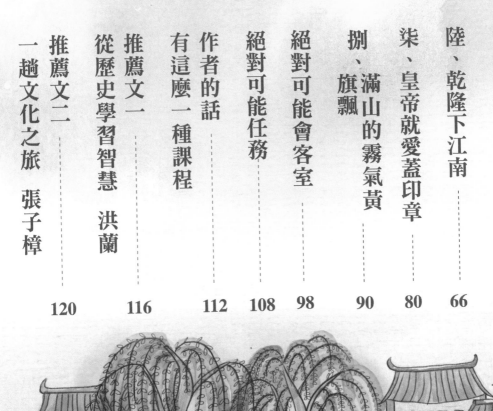

人物介紹

玄章老師

「可能小學」新聘的社會老師，來歷不明。應徵教職時，以一堂讓人終身難忘的社會課，讓校長當場決定聘用他。至於他試教的內容是什麼，沒有人能說清楚。只是，可能小學的孩子覺得他的課一聽就想睡覺。為什麼會這樣呢？等你來判斷吧。

謝平安

可能小學四年一班的學生。他的父親是公務員，母親在百貨公司擔任櫥窗設計師。他喜歡美術課，家裡收藏了三百多個公仔；熱愛電腦，國語成績也不錯。上社會課時，意外被帶回古代，經歷了幾次難忘的課程。

愛佳芬

可能小學四年一班的學生。腦筋靈活，喜歡冒險。打棒球時，總是搶著要擔任投手。她的志願是當一位攀岩教練。和謝平安一樣，意外的回到古代，經歷許多難忘的事。

乾隆皇帝

本名愛新覺羅．弘曆。他最喜歡蓋印章，只要被他看中的事物，不管是字畫、亭園、樹石，他都會隨時展開印章攻勢。謝平安曾在揚州城外與他巧遇，乾隆皇帝看到他的額頭特別的光滑，一時興起，就……

船老大

清朝時期，京杭大運河揚字六五五號船長。有四十六年的航行經驗，負責把江南產的大米、絲綢、食鹽送到北京城，再把北方出產的貨物載回江南。對京杭大運河瞭若指掌，不管是貓彎、棗彎還是銅兒灣，他都知道。

鄭板橋

本名鄭燮，清朝揚州人，為「揚州八怪」之一。外型是個乾乾扁扁的瘦老頭兒，擅長書法和水墨畫。最厲害的技能是嘲笑那些有錢有勢的鹽商，讓他們氣得咬牙切齒，卻又拿他沒有辦法。

汪士慎

平生最愛飲茶，有「茶仙」的稱號。他也喜歡梅花，擅長畫花，住在揚州，以賣畫為生，也是揚州八怪之一。他聽到謝平安說有一種茶叫做「珍珠奶茶」時，肚子裡的茶蟲立刻讓他坐立難安，希望謝平安替他泡出中國第一杯珍珠奶茶呢。

壹 可能茶藝館

白白的霧氣在山裡飄，山上的茶樹伸長脖子，搖頭又晃腦。它們張開手掌，拉長葉梢，希望霧氣乖乖留著不要跑。

許多的霧氣，推著露珠在茶葉上翻滾，滾呀滾。透明的露珠，浸滿了茶葉的香氣，滾到茶葉尖端。

然後，露珠從高高的葉子上往下跳——

喔，不，它還要再等一等。

因為它怕高。

這是一顆有懼高症的露珠，它不敢動，結果採茶的歐巴桑採下一心二葉，外帶那顆發抖的露珠，全進了她的採茶袋。

從茶園往下望，山谷下有間茶藝館，四面的大窗，一屋子的學生。

他們是可能小學的學生，跟著老師來戶外教學。

滿山的茶園是課本；整間屋子的好茶當教材——在可能小學讀書，就是這麼有趣。

因為，可能小學是一所什麼事都有可能發生的學校。

如果你從採茶歐巴桑的角度往下望，你會看見謝平安正拿著筆，努力的抄抄寫寫；穿著紅衣服的愛佳芬舉著手，等著老師叫她；而玄

章老師站在同學面前講得口沫橫飛。

他在講什麼呢？

他正講到茶的歷史：

「深遠的茶文化，透著茶香。中國人喝了兩千年的茶，於是唐朝陸羽寫了《茶經》；宋朝蘇東坡愛與人鬥茶；清朝的乾隆皇帝舉行茶宴，邀請大臣一起品茗談詩。而從這裡望出去，那些茶樹，是我們的祖先遠從唐山帶來臺灣，繁殖改良。更重要的是，臺灣又創新茶文化，把新型的茶文化推展到世界各地。」

「臺灣的茶文化？」學生七嘴八舌的問：「是老人茶嗎？」

玄章老師笑笑不說話，他把紅茶倒入一個鐵罐，蓋上蓋子，搖一搖，晃一晃……

「是泡沫紅茶嘛！」學生們大叫。

「不不不，你們看我寫的講義嘛，茶呀，後來又有了新變化。」

玄章老師加進幾顆粉圓和一匙奶精，「是珍珠奶茶。從古到今，從熱乎乎到冷冰冰，中國茶在臺灣有了全新的改變。」

圓圓的珍珠，冰冰的奶茶，小朋友一人一杯，他們歡呼著往外跑。

戶外教學時，還有下課時間？

當然有嘍！因為這是可能小學嘛。

謝平安還沒抄完筆記，他是個勤奮的孩子。

愛佳芬也沒出去玩，她是個好奇的孩子，茶藝館裡擺滿新奇的東西，茶海、茶壺、茶杯和茶匙，她樣樣都有興趣。看完茶具，她發現牆壁上還掛了一幅畫。

「乾隆南巡圖。」她輕聲的唸：「乾隆是誰呀？」

謝平安看著筆記說：「乾隆是清朝的皇帝嘛，他愛喝茶，常常舉行茶宴……」

那是一張複製畫，畫上有座城，河在城外繞。

河上停了幾艘又高又大的船，船頭雕著金色巨龍。城裡城外擠滿人，官員立於街邊，侍衛騎著高頭大馬，賣畫的小販，趕驢的老爺爺，還有……

「這一定是乾隆皇帝了。」愛佳芬說。

「乾隆？在哪裡呀？」謝平安問。

愛佳芬用手裡的茶匙輕輕指著畫上一個身穿黃色龍袍的小人兒說：「應該就是他了！」

小人兒旁邊，蓋著一個小印章。

謝平安湊過去看，他揉揉眼睛，覺得畫面模模糊糊的。畫面也不是模糊，而是感覺畫裡的東西好像在動。

沒錯，畫裡的東西真的在動！旗子飄飄，楊柳搖搖，連馬都好像在「得兒得兒」的跑。

他正想叫愛佳芬來看，但是，地突然劇烈的搖，風狂亂的吹。

畫上小城的樓閣間，發出一道強烈的光芒。

謝平安忍不住大叫：「難道，我們又要回古代了嗎？」

貳 貓彎，棗彎，不是臺灣

光線暗了，謝平安才能打量四周。

這是個小小的、搖來晃去的房間，而愛佳芬穿著一身粉紅色的……古裝。

「我們又跑到古代了啦！」謝平安愁眉苦臉，「你又亂拿什麼東西了？」

「我……我那時正在看畫，手裡……手裡好像拿著……」

「拿著什麼？」

愛佳芬苦笑著說：「好像是跟喝茶有關的東西。」她忘了。

「吼，這下慘了啦，你忘了拿什麼東西，我們怎麼回去？」謝平安皺著眉頭，「啊，這又是哪一朝呀？」

愛佳芬左看右看，眼光最後停在謝平安身上：「清朝。」

「你又知道了？」

「我就是知道，不然，你摸摸自己的頭！」

謝平安的額頭光光亮亮，後腦勺還多了個垂到腰間的辮子。

「這……這是？」

「你沒看過連續劇嗎？清朝的人都留這種髮型呀！」

「不公平，為什麼清朝的女生不用理光頭？」

愛佳芬不理他，笑著推開窗戶。

窗外是一片水景，眼前的田野、綠樹正在緩緩的倒退。

「我們在船上。」她驚訝的說。

他們搭的船排在一列浩浩蕩蕩的船隊裡。河邊的人們有的在撒網捕魚，有的在悠閒的垂釣，不時有小鳥從蘆葦叢中飛起。

河岸邊有一長排柳樹，樹間偶爾可見白牆黑瓦的村莊。老牛在耕田，脫得光溜溜的小孩在游泳，許多婦女在河邊洗衣服。

一隻小狗追著船跑，愛佳芬朝牠招招手，牠反而停住，叫了幾聲。

汪汪汪！

天空明亮，雲朵悠遠，船追著雲跑。

愛佳芬從沒搭過船，眼前的風景讓她看得入迷。突然，傳來一陣講話的聲音。

愛佳芬拉著謝平安，急忙往後退。

後面是一間好大的艙房，艙房裡堆滿麻布袋，中間只留下約一步寬的狹窄走道，走道的盡頭就是甲板。

聲音愈來愈大，看樣子有人要進來了。

「怎麼辦？」謝平安問。

愛佳芬爬到麻布袋上頭，她一伸手，也把謝平安拉上來。

裝滿稻穀的麻布袋，讓謝平安的鼻子癢癢的。他努力的忍著。

兩個男人走進來，一老一少，額頭剃得亮晶晶，腦後拖著長長的辮子，也是清朝人的裝扮。

「前幾天寶老闆派人傳話來，乾隆爺下江南，要我們在揚州停船。」老人邊走邊說。

「爹，停揚州好。每回運糧進京，都沒空玩，這回我要好好逛逛揚州。」年輕人說。

原來他們是父子。

「揚州人愛喝茶，等上了岸，我帶你去喝幾盅茶。」老人說。

就在這對父子經過謝平安時，謝平安怕被發現，稍稍往後退了一下。就那麼一下，碰到了麻布袋，揚起一點兒灰塵，他再也忍不住了——

「哈啾！」他的鼻子還癢，「哈啾！哈啾！」連打了三個噴嚏，終於「鼻」清氣爽。

「是誰？」老人嚇了一跳。

「誰躲在皇糧上？」年輕人瞪著。

謝平安慌了，他立刻站起來，卻忘了他正躲在麻布袋的最高處。

「唉唷！」他的頭撞到了天花板。

「誰家的娃兒呀，這是運到京城的皇糧，快下來！」老人急了。

「你們想偷渡？」年輕人問。「哈！我知道了，你們是私奔的戀人對不對？戲裡都這麼演。」

「誰跟他私奔了？」愛佳芬爬下麻布袋，瞪了年輕人一眼。

「你們打哪兒來？」老人追問：「杭州還是紹興？」

愛佳芬和謝平安同時搖搖頭：「不是。」

「那麼，你們是從蘇州或是鎮江來的嘍？」

「也不是。」他們又搖了搖頭，說：「我們是從臺灣來的。」

「臺灣？我走了幾百次京杭大運河，只聽過貓彎、棗彎，就是沒聽過臺灣。」

「臺灣就臺灣嘛，有什麼好奇怪的？」愛佳芬的眼珠子轉了轉，她問：「窗外的是運河？這艘船要運什麼進京？」

「當然是運糧食進京嘛！大清國的皇糧、茶葉、食鹽都靠這條運河南來北往。幸好你遇到我，要是碰上了壞心的船主，把你們賣到北京城，看你怎麼回太灣？」老人呵呵的笑著。

「是臺灣，不是太灣。」愛佳芬看看老人，老人笑到眼睛都瞇成了一條線。

這個老人笑的樣子好熟悉，她多看了幾眼，終於拍著手大叫：「你是玄章老師，對不對？」

超時空便利貼

清朝

清朝，是中國最後一個帝制朝代，是由中國東北的滿族（女真族）所統治的王朝。清朝的男人都得將前額和兩邊鬢角的頭髮理光，後腦勺拖著長長的辮子。儘管清朝同時禁止婦女纏足，但漢族的婦女纏小腳的習慣卻一直延續到清朝末年；當時的人們認為擁有「三寸金蓮」的女生才美。

康熙、雍正、乾隆三代是清朝的盛世。康熙皇帝八歲登基，擒鰲拜，掃除吳三桂等三藩之亂，平定臺灣和準噶爾，打敗俄國的侵略，為清朝帝國版圖打下基礎。雍正和乾隆也都效法康熙勵精圖治，把清朝的國勢帶到最高點。

但是乾隆之後，清朝的國力漸弱，西方各國爭相入侵中國，最後終於被倡導民主革命的孫中山先生推翻，建立亞洲第一個民主國家——中華民國。

小常識：民主國家，是由人民投票選出總統；帝制國家，通常由皇帝的子孫繼承皇位，而且一代傳一代，直到被推翻為止。

乾清宮是雍正皇帝之前，明朝與清朝皇帝的寢宮與日常活動場所。康熙就是在這裡處理國家大事。

京杭大運河

京杭大運河，是世界上最長的古代運河，北起北京，南到杭州，全長一千七百九十四公里。將海河、黃河、淮河、長江和錢塘江等五大水系連成一個統一的水運網。

為什麼要建運河呢？想想看，如果你生在古代，要將一千多公里外的稻米送到北京城，而你只能利用馬來拉車，不僅運量有限，而且耗時又費力，是不是很不划算？有了這條南北向的大運河，光是清朝時，一年就能運輸一千萬石的稻米，更不用說順著河流南來北往的食鹽、茶葉和絲綢等等。你說，運河重不重要？

京杭大運河在鐵路開通後，曾經有一段時間因缺少維修而淤積。不過，隨著大陸北方缺水，大運河搖身一變，又擔負起一項新的任務——把南方的水送到北方，持續為人們提供服務。

小常識：臺灣的臺南也有運河！臺南運河主要為連接臺南市區與安平港，只有三千七百八十二公尺長，現在主要是做觀光與端午節龍舟競賽用。

京杭運河示意圖

京杭運河蘇州段的河景

參 蓋個園子來蓋章？

「玄章老師？不不不，我不是。」老人搖著頭。

愛佳芬半信半疑：「你不是玄章老師？你少裝了。上回去明朝，你假裝是大鬍子叔叔……」

船都停了，愛佳芬還在說。

老人慈祥的看著她：「我只是個船夫，不是老師。揚州到了。聽

說乾隆爺今天也要到揚州，運河上的船都不能走了——想不想趁機到揚州逛逛呀？」

「乾隆皇帝？」愛佳芬突然大叫，「我想起來了，剛剛我正在看《乾隆南巡圖》，可是我手上拿的到底是什麼呀？唉呀！我只記得是跟茶有關的東西。」

老人笑呵呵的說：「別想了吧。揚州人愛泡茶，人家說『腰纏十萬貫，騎鶴上揚州』，咱們沒有十萬貫，也能搭著小船逛揚州呀！揚州滿城都是茶樓茶館，你要什麼茶具都找得到。」

「搭小船遊揚州？」謝平安問：「不坐車嗎？」

「揚州是出了名的水鄉，在城裡還是得搭船！」年輕人拍拍他的肩膀。

「下船又搭船？」謝平安伸伸舌頭，「有這種怪地方？」

沒錯，揚州就是這樣的地方。老人的船停在城外的大碼頭。下船後，愛佳芬和謝平安跟著老人和年輕人登上另外一艘較小的船。

他們原來搭的船很大，能載得下幾百包稻穀；現在搭的船像木筏，小小的。

老人說：「寶老闆說今天乾隆爺南下，明天要派人去瘦西湖採露水，採露水需要不少人，你們可以留下來幫忙。」

「採露水？」愛佳芬露出狐疑的眼神，「露水能幹麼？」

「你們不知道，乾隆爺養生有術，他愛用泉水、雪水泡茶。揚州城裡沒下雪也沒什麼名泉，但是用露水泡的茶一定很不錯。」

「那多麻煩呀，還是用我家的逆滲透水比較快。」謝平安說。

「什麼透？」老人問。

「沒啦，沒啦。」謝平安差點兒說溜嘴，「我是說，我看透了各地的好山好水。」

船夫用長長的竹竿往水底一撐，船就悠悠的盪了出去。

揚州是一座水上的城市。

小河悠悠流過城裡每個角落，岸邊是白牆黑瓦的房子，時間在這裡好像過得特別慢。

河岸的左右兩邊房子林立，兩兩相對的房子往來全靠橋；他們的船就這樣穿過一座座的橋。

在臺灣哪有這種水上城市？

「明月橋、石塔橋、雙虹橋……」他們數得很開心。

一座橋，兩座橋，三座橋，數不完的橋。

橋的樣式又有許多花樣，有木造的、石砌的、磚搭的、沒欄杆的、有花紋的、加了小樓的，各式各樣，讓他們數得興高采烈。

只是，橋實在太多，謝平安數得乏味了，他躺在船上，任憑小船在城裡穿梭。

藍天有白雲，水面也有白雲，白雲悠悠，搖來晃去。

他覺得眼皮重了，正在迷迷糊糊的狀態，船「咚」的一聲靠岸了。

一個瘦瘦高高的中年人站在岸邊：「船老大，好久不見呀！」

老人笑著說：「徐總管，又見面啦，今天多帶了幾個幫手，明天幫您去湖邊集露水。」

徐總管的額頭好亮，簡直像打過蠟似的。他看看謝平安，又看看愛佳芬。

「謝啦！這樣採露水的人手一定夠，包管咱們乾隆爺有好茶喝。」

接著，他在前面帶路，踩進一個圓形的小門。

這是什麼地方？天堂嗎？小門內有一條用青色石頭鋪的路，路旁種了大樹小樹。樹旁挖了池塘，引了一條小河流；人在園裡走，水在身邊流，水聲嘩啦嘩啦。樹叢掩映間，還有許多閣樓、涼亭。小路彎彎曲曲，每繞過一個彎都有一次驚喜。

「哇！真是漂亮。」愛佳芬讚嘆著。

「比大安森林公園還要漂亮一百倍。」謝平安說。

前面領路的徐總管聽到了，他說：「這個雲園是我們寶老闆建的，之前乾隆爺下江南，就在這裡住過。」

「真的呀？」愛佳芬很驚訝。

「不相信？你們看看這個泊雲亭，就是乾隆爺題的字。」

涼亭的匾額上，果然寫著「乾隆」兩字，還蓋了個章。

「咦！這塊石頭上也有字耶！」謝平安指著涼亭旁的一顆石頭，「乾隆一遊。」

「哈，這間小樓也有被寫字！」

「這塊石碑也有被蓋章。」

他們在花草間鑽來鑽去，幾乎每個漂亮的景物，都被乾隆皇帝寫

乾隆癸丑

泊雲亭

字、蓋章了。

「小娃兒，別找了。雲園裡，乾隆爺題字的地方有六十四處，蓋了一百七十五個章！」徐總管壓低聲音說：「乾隆爺就愛蓋章，不管是字呀、畫呀、涼亭呀、小樓呀，只要他喜歡的，他就要蓋個章，證明他看過了嘛！」

「哈哈哈，好好玩喔！」愛佳芬說。

徐總管點點頭補充：「因為雲園能蓋章的地方幾乎都蓋完了，這回乾隆爺下江南，我們寶老闆決定在平涼山上建個更大的園子，讓乾隆爺隨心所『蓋』，要怎麼蓋就怎麼蓋，愛怎麼寫就怎麼寫。」

「蓋這麼大的庭園，就為了讓乾隆爺寫字、蓋印章？哇！你們寶老闆是開銀行還是做科技業的？」謝平安問。

「不不不，我們寶老闆只是個鹽商，專門賣鹽。」

「賣鹽巴能賺這麼多錢？」愛佳芬和謝平安同時大叫。

超時空便利貼

熱鬧繁華揚州城

揚州位於長江與京杭大運河的交接口，不管是順著長江運出來的貨物，還是江南附近生產的米、鹽、茶葉，都要送到揚州，再由揚州轉運到北京。

揚州自古以來就是重要的港口。隋煬帝長時間待在揚州，為了交通往來方便而開通南北大運河。唐朝時的揚州，農業、商業和手工業相當發達，曾是中國東南第一大都會。那時的詩人、畫家特別喜歡到揚州，很多詩詞裡都曾提到揚州，像是「故人西辭黃鶴樓，煙花三月下揚州」、「二十四橋明月夜，玉人何處教吹簫」等，這些詩詞，你背過嗎？

到了清朝，首都定在北京，揚州的地理位置更重要了。北京城裡需要的糧食和鹽，都由南方供應，大量的鹽商都聚集在揚州。人們在這裡經商，讓揚州成為中國資本最集中、規模最大的金融中心。

五亭橋位於瘦西湖內，是揚州的地標建築。此橋建於清乾隆二十二年，為巡鹽御史高恆及揚州的鹽商，為迎奉乾隆帝而建。

乾隆皇帝

乾隆皇帝的名字叫做愛新覺羅．弘曆，「乾隆」其實是他的年號，但一般都稱他為乾隆皇帝。在他統治期間，中國是一個疆域廣闊、國力強盛、經濟文化繁榮發展的時代。

乾隆從小深受康熙皇帝的喜愛，因此繼任皇位後曾表示，自己在位時間絕對不會超越祖父（康熙皇帝在位六十一年）。於是在乾隆六十年時，他將皇位讓給兒子（嘉慶皇帝），自己則當太上皇，但他依然掌握實權，直到嘉慶四年才過世。乾隆皇帝可說是中國歷史上在位時間最長的皇帝（含太上皇在位期間總共六十四年），也是中國歷史上最長壽的皇帝（八十九歲）。

乾隆皇帝很喜歡江南，曾經六下江南；他也喜歡寫詩，一生創作四萬多首。他最喜歡元代山水畫家黃公望的《富春山居圖》，常常把這張圖拿出來欣賞。每看一次，總要在畫上寫點東西，像是在寫日記一樣。寫多了、寫久了，現在這幅圖上全是密密麻麻的字和印章，甚至還寫到畫裡的山上頭呢。

乾隆即位後，在祖父和父親兩代奠定的基業下，將清朝繁榮、強盛的局面發展到極致。

肆　鄭板橋賣字畫

「柴米油鹽醬醋茶，三餐不能沒有它，你說賣鹽重不重要呀？」徐總管說。

「揚州鹽商最富有，」老人補充：「透過京杭大運河，把海邊的鹽賣到各地，載去白花花的鹽，運回白花花的銀子，難怪你們寶老闆最有錢。」

雲園好大，愛佳芬和謝平安跟著徐總管邊走邊聊，不知不覺，七

轉八彎，又從另一道門出去。

門外又是一條嘩啦嘩啦的河，和一個小小的碼頭。停在碼頭邊的船也是排成一長列。船上載了幾個奇形怪狀的大石頭，十幾個工人正把一個石頭往船上搬，搬得氣喘吁吁。

「你們載這麼多石頭要做什麼呀？」愛佳芬問。

徐總管笑了：「這你就不懂了。船載著稻穀和鹽在運河上走沒問題；等貨都下光了，船太輕就會發生危險。載幾顆大石頭，一方面壓住船艙保平安，載回揚州又可以裝飾庭園，一舉兩得，多棒呀！」

「難怪我們剛才走過來，沿路有好多奇怪的石頭！」謝平安說。

「有了這條大運河，送鹽巴，載奇石，寶老闆可以多賺好多錢！」

徐總管笑著說。

「煮飯少不了鹽，寶老闆少賺一點，百姓們就不必花那麼多錢買鹽巴。」愛佳芬說：「何必賺那麼多？」

「你是說降鹽價？維修運河的錢全從鹽價裡來，就算想降價也降不下來呀。」徐總管搖著頭說：「你們出去玩吧，別忘了明天來幫乾隆爺採露水。」

碼頭邊有個賣字畫的店，店門口好熱鬧，裡裡外外圍了好多人。

「哪有這種對聯？」一個中年胖子正對著字畫鋪的老闆吼叫。字畫鋪老闆是個瘦巴巴的老頭子，眼神卻很銳利。

「沒錢別找我鄭板橋，要我寫字，照我開的價。」原來老闆叫鄭板橋。

「可是……可是我付了一千兩了呀！」胖子忿忿不平的說。

「咱們一開始講的是多少？兩千兩寫一副對聯，對不對？」鄭板橋看看胖子，胖子無奈的點點頭。

「結果呢？我正在寫字，你又要殺價，兩千兩銀子砍了一半，只肯付一千兩。好吧，既然你只肯付一半，我當然就寫一半，這有什麼不對？」

旁邊的人跟著起鬨：「寫一半就寫一半，有什麼好爭的？」

「一個願打，一個願捱，快把對聯捲了，回家去吧！」

胖子一聽，哭喪著臉說：「你們

說得雖然沒錯，但是，我花一千兩是要買個對聯幫我母親祝壽，他卻寫對聯來罵人！」

「罵人？」眾人不解。

胖子把對聯打開，謝平安忍不住跟著大家唸了出來：

我家高堂不是人，
生的兒子都是賊。

「罵人家母親不是人，又說人家兒子都是賊，太過分了吧！」

「鄭板橋是揚州八怪之一嘛，當然也是怪人一個。」

「揚州八怪？」謝平安覺得這名字真有趣，再看看那個老頭，粗布衣，白頭髮，擠眉弄眼，看起來果然很奇怪。

胖子看看眾人說：「花了一千兩銀子還被人罵，這有道理嗎？」

「是沒道理。」鄭板橋摸著鬍子，「那你就再付一千兩呀！」

「再一千兩？」胖子哀號著。

愛佳芬勸他：「唉呀，你就再付一千兩嘛，如果他沒把對聯寫好，你就把錢討回來呀。」

鄭板橋點頭說：「沒錯，如果我寫不好，你就把兩千兩拿回去！」

胖子看看大家，圍觀的人也想看鄭板橋怎麼接句子，紛紛勸他把錢拿出來。

「寫不好，真的要退錢喔！」胖子說。

鄭板橋看他一眼：「我沒空陪你聊廢話，要就乾脆一點。」

胖子把一個沉甸甸的包包放在他桌上，鄭板橋這才笑嘻嘻的提起大毛筆。

愛佳芬自言自語：「他家高堂不是人，那是鬼嗎？我猜是神仙！」

鄭板橋笑了：「哈，小姑娘猜對了！」

我家高堂不是人，九天仙女下凡塵。

圍觀的人不約而同的拍手叫好，胖子懸了半天的心這才放下。

鄭板橋轉頭問愛佳芬：「小姑娘，再來呢？我該寫什麼？」

對對聯？愛佳芬哪會呀？她看看上句：「生的兒子都是賊？如果都是賊，能偷什麼呢？不是蛋糕，不是鑽戒，什麼才珍貴？最好是天上才有的東西，像是神仙喝的酒呀，神仙吃的仙桃呀，對不對？」

鄭板橋大喝一聲：「好！你說得對極了。」

生的兒子都是賊，偷來蟠桃送母親。

他寫一個字，大家就跟著唸一個字，兩句對聯一寫完，四周發出一陣喝采。

「早就說鄭板橋詩書畫三絕嘛，你還怕什麼呀！」

「人家是康熙秀才、雍正舉人、乾隆進士，當然不是浪得虛名。」

老娘變成仙女下凡，兒子還上天偷蟠桃，這兩句話，讓胖子破涕為笑，高高興興的捧著對聯回家。

「好好好，板橋兄不但發大財，還教訓富商，淨賺兩千兩，恭喜呀恭喜。」一個書生樣的人從人群裡走出來，身材瘦高，手裡還拿著一把扇子。

鄭板橋看到他，笑了：「士慎兄取笑了，我是看這些富商不時壓榨百姓，我不趁機敲他們一點兒竹槓，城東的貧民怎麼有錢買米下鍋呢？」

旁邊的大叔偷偷的說：「大家真是有福氣，八怪來了兩怪，連茶仙汪士慎也來了。」

「他也是揚州八怪？我不覺得他怪呀。」謝平安問。

大叔說：「唉呀，這位汪先生會寫也會畫，不過，他最怪的還是喝茶的習慣。他喜歡喝茶，一天沒喝茶，就像要了他的命似的。」

超時空便利貼

揚州八怪

「揚州八怪」是清朝乾隆年間，活躍在江蘇揚州的八個畫家。因為他們每個人都有鮮明的風格，創作又很大膽，並且對一般的社會價值抱持批判的態度，所以才會被人以「怪」來稱呼。

揚州八怪，包括鄭燮、汪士慎、羅聘、金農等人，其中最有名的是鄭燮。鄭燮就是鄭板橋（「板橋」是他的號），他是康熙朝的秀才、雍正朝的舉人，也是乾隆時的進士。他當官時作風瀟灑，別人風風光光的坐轎子去上任，他則是自己一個人騎著小毛驢去當縣長。

鄭板橋當官清廉，但是因為不肯巴結長官，結果得罪了上司，最後被罷官回揚州。他回揚州後，以賣畫維生；他賣畫又很有個性，遇上奸商貪官來買畫，就算對方出再高的價錢，他也不賣。

鄭板橋最擅長畫蘭花和竹子；他寫書法時，又把行書和隸書融合，自創「六分半書」，是一個很有個性的藝術家，留下很多有趣的小故事。

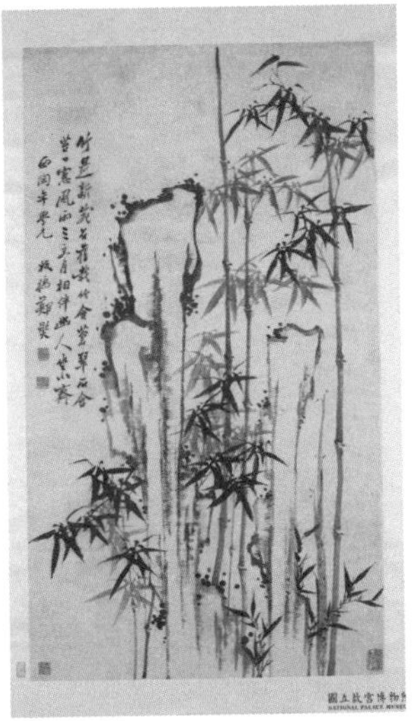

《竹石圖》軸。鄭板橋擅畫墨竹，意境清遠；他的另一幅《難得糊塗》的書法也為人所熟知。

伍 第一杯珍珠奶茶

「反正不管怎麼說，板橋兄今天開張大吉，大賺利市。上茶樓讓您請喝一壺茶怎麼樣？」汪士慎說。

「好呀，我今天還沒上茶館呢。揚州白天皮包水，晚上水包皮。走走走，喝茶去。對了，小姑娘，要不要一起去喝茶呀？」鄭板橋對著愛佳芬說。

愛佳芬聽鄭板橋說要把錢拿去賑濟貧民，對他多了幾分尊敬；一聽到他開口邀請，愛佳芬立刻點頭說好，還把愣在一旁的謝平安拉了過來。

「什麼水包皮、皮包水呀？」謝平安問。

「揚州人白天愛喝茶，所以叫皮包水；到了晚上又愛泡澡，不是水包皮嗎？」鄭板橋一路邊走邊解釋。

茶館裡，人聲鼎沸。汪士慎是常客，他一踏進店門口，店小二就把他們帶往二樓的小房間。

房間裡的窗戶往外推開，可以看到揚州的碼頭；房間的另外三面牆都掛著畫，其中一幅還是鄭板橋畫的竹子。

謝平安正看著畫，鄭板橋卻說：「別看了，進來茶館，天塌下來也不管！先請茶仙替兩位小娃兒泡幾壺好茶。」

「我只聽過詩仙、酒仙，沒聽過茶仙？」謝平安問。

「茶仙？我怎麼敢當呀！蘇東坡說他『不可食無肉』，而我只是『不可喝無茶』；說我是茶仙，真是太抬舉我了。」汪士慎說話時，手也沒閒著，提起水壺，淋罐淋杯；接著他掀開茶壺蓋，將沸水沿著壺邊沖入。

「這叫溫杯燙罐。」汪士慎邊說著，邊在茶壺裡放入茶葉，高沖倒水，再用壺蓋輕輕刮去茶沫，然後蓋上壺蓋。

他的動作優雅流暢，沸水倒進茶壺，茶香滿室，接著他把四個茶杯緊靠在一起，依序為四個小茶杯注入茶水。最後，氣定神閒的在大家的桌前各放一杯。

汪士慎的動作雖然緩慢，卻在行雲流水中自有節奏；茶杯彼此碰撞的聲音鏗鏗鏘鏘，彷若音樂，配上陣陣茶氣氤氳，這畫面像極了一幅活動的畫。

「講到畫畫寫字，我比不過詩、書、畫三絕的板橋兄；但是一講到茶，不管是西湖龍井茶、武夷山大紅袍、君山的白毫，還是峨嵋山的珠茶，只要看看茶湯，看看茶葉，我都能略知一二。」

愛佳芬突然想到古時候運輸不方便，她問：「這麼多種茶要怎麼運來揚州呢？」

「揚州占了運河水利之便，連雲南的普洱茶都能運來，要喝幾口好茶，還真是容易呢！」

「那麼，這是什麼茶呀？」愛佳芬故意拿著杯子，跑到隔壁桌要

了一杯茶來考他。

汪士慎聞聞茶香，看看茶湯，笑著說：「這種茶的形狀美，色澤鮮艷，香氣濃郁，入口還有一股水果香氣——如果這不是洞庭湖的碧螺春，我以後就不喝茶了。」

「汪先生真是厲害，小店的碧螺春才剛到貨，您閉著眼睛都聞得出來。」店小二豎起大拇指。

謝平安想起玄章老師說的「臺灣茶文化」，他不服氣的說：「可惜這裡沒有臺灣產的凍頂鐵觀音，也沒有珍珠奶茶，不然，你一定喝不出來。」

汪士慎一愣：「凍頂鐵觀音？珍珠什麼茶？我只知道安溪的鐵觀音是天下一絕，這……」他搔搔頭，「下回有機會，拜託小兄弟拿一點兒讓我喝喝看，好不好？」

汪士慎見「茶」眼開的樣子很有趣，謝平安揮揮手說：「不用啦，我教你煮珍珠奶茶好了——煮完紅茶之後加點奶精，最後加上粉圓，做出來的珍珠奶茶才好喝。」

「紅茶？不是綠茶喔？揚州城裡買得到粉圓，走走走，我們現在就去雜貨鋪買一些回來煮。」汪士慎不只是茶仙，更是個茶痴，一聽到好茶，立刻就想嘗試。

「愛佳芬，如果我現在教會他，說不定中國第一杯珍珠奶茶的發明，就會提早幾百年喔！」謝平安悄悄的對愛佳芬說。

愛佳芬笑著說：「好好好，我們去買粉圓煮珍珠奶茶。」

超時空便利貼

茶的歷史

中國是茶樹的原產地，也是世界上最早利用茶做為飲料和藥用的國家。

據說在神農氏時代，中國人已經利用茶來治病；周朝的茶，除了當藥品，也有人拿來祭祀，也開始有人泡茶當成飲料來喝。

唐朝時，飲茶風氣更興盛，茶葉貿易也十分發達。唐朝的皇宮，每天需要大量的茶葉供應，各地的官員也會挑選最好的茶葉送進皇宮，各地的客棧、酒店和飯館提供茶水的服務與販售。

宋朝之後，「開門七件事」指的是：柴、米、油、鹽、醬、醋、茶──茶成為日常生活的必需品。到了清朝，英國人來中國採購成批的茶回國，最後，這些茶竟然成了英國人最流行的飲料，英式下午茶正式改寫英國人的日常生活，茶甚至取代酒在餐桌上的地位。

更厲害的是，英國人把茶樹帶去印度大吉嶺試種，最後培育出舉世聞名的阿薩姆茶。直至今日，茶還在改寫歷史，臺灣人發展出更多樣化的飲用法，珍珠奶茶、泡沫紅茶都是臺灣人的發明。走在夜市裡，人手一杯各式茶飲料，茶與我們的關係，愈來愈密切！

小常識：唐朝的陸羽很喜歡茶，他以古人飲茶的心得做基礎，加上自己對茶的研究，完成世界第一部專門討論茶的書：《茶經》。

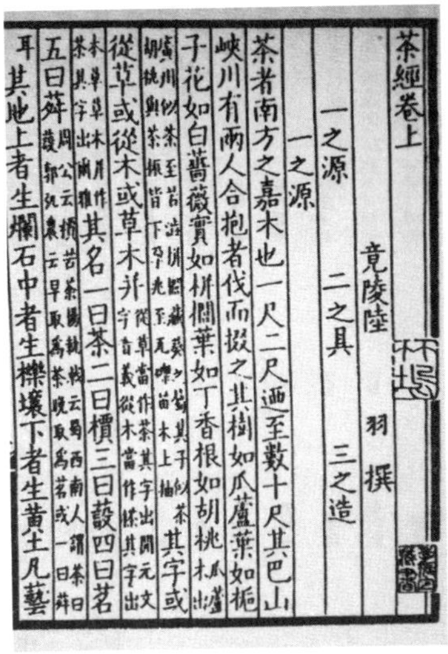

茶經卷上

竟陵陸　羽　撰

一之源　二之具　三之造

一之源

茶者南方之嘉木也一尺二尺迺至數十尺其巴山峽川有兩人合抱者伐而掇之其樹如瓜蘆葉如梔子花如白薔薇實如栟櫚葉如丁香根如胡桃（瓜蘆木出廣州似茶至苦澀栟櫚蒲葵之屬其子似茶胡桃與茶根皆下孕兆至瓦礫苗木上抽）其字或從草或從木或草木并（從草當作茶其字出開元文字音義從木當作梌其字出本草草木并作荼其字出爾雅）其名一曰茶二曰檟三曰蔎四曰茗五曰荈（周公云檟苦荼楊執戟云蜀西南人謂茶曰蔎郭弘農云早取為茶晚取為茗或一曰荈耳）其地上者生爛石中者生櫟壤下者生黃土凡藝

陸羽《茶經》的第一頁

大陸福建省安溪茶葉大觀園中的陸羽塑像。陸羽的《茶經》是唐代和唐代以前，有關茶葉科學知識和經驗的著作。

陸 乾隆下江南

謝平安來到茶館大門口，門口不知道什麼時候被人堵住了，裡裡外外站滿了人，簡直和士林夜市一樣熱鬧。

人們嘰嘰喳喳，高談闊論。

有人高喊「龍船來了」。

有人大叫「皇帝爺到揚州啦」。

還有人說，揚州城裡的十八家鹽商、九十九位官員總動員。那些鹽商穿得一身貴氣，經過茶館的青石街頭。丫鬟和家丁跟在後頭走，他們手裡捧著、抬著各種稀奇古怪的寶貝。

丫鬟們拿著字畫，珍重的捧在手裡。

家丁們在地上鋪了一塊大紅布，慎重的把花瓶、桌椅擺在上面。造型優美的盆栽，精巧可愛的古玩，金光閃爍的珠寶，這些平時看不到的寶貝，從碼頭一直排到城尾，繞著揚州城的水道，排成長長的寶貝大街。

「這是做什麼呀？是中元普渡嗎？那不是要等到七月半？」謝平安踮起腳尖抬頭看，忍不住問。

汪士慎笑得很開心：「你的想法很有趣，準備食物普渡餓鬼，希

茶香四溢

麵

望他們吃飽保佑大家平安。我們揚州鹽商競相獻禮，希望能升官發財，只不過他們拜的是……」他左右看看，這才偷偷的說：「皇上。」

「你說乾隆皇帝是餓……」

汪士慎急忙摀住他的嘴巴，低頭朝他嘿嘿一笑；突然，人潮如浪般推來，謝平安一不小心，就被捲進人群裡。

謝平安被人群包夾，隨著人群的推擠，他不知不覺的被捲進往碼頭的行列裡。

「不要推我，我要去買粉圓哪！」

他叫著，可是前前後後、左左右右的人根本沒有停下來！

愛佳芬當然不知道謝平安已經到了碼頭邊。

她站在茶樓二樓的窗邊，覺得樓下好熱鬧；人群像流水，不斷的在城裡流動。

窗外的遠方，是碼頭。

碼頭邊的官員下了轎，他們一手扠腰，一手指揮士兵；士兵們下了馬，排成一長列整齊的隊伍。

數不清的舞臺沿著運河搭建，從遠方碼頭一路延伸到樓下大街；舞臺上，站著一個個樂隊、戲班。

每一棵楊柳樹上都綁著五色的彩帶；樹旁的棚子一個接著一個，望不到盡頭。

鹽商們站在碼頭前，像在等著什麼。愛佳芬看見一個熟人，是瘦高的徐總管，他站在另一個胖胖的鹽商身旁，不知道他是不是寶老闆。

所有的人都在等，人雖然多卻沒什麼嘈雜聲。那些珠寶、古玩就

堆在路邊，被陽光照得晶晶亮亮，閃閃發光。

「那些東西都是要送給乾隆皇帝的？」愛佳芬問：「為什麼呢？」

「這你就不懂了，鹽商巴結皇帝，你以為他們是吃飽了撐著嗎？想一想，如果皇帝一高興，下令給鹽商賣鹽的權利，到時候鹽想賣多貴都行！」鄭板橋自顧自的喝茶，連頭都不抬一下，「所以，他們當然要去拍皇帝的馬屁嘍！」

突然間，窗外鼓樂大作。愛佳芬用手遮著陽光，她看見遠方有一大片黃色的霧飄了過來。又過了一會兒，愛佳芬才發現那不是霧，而是船隊。船上的黃旗

正隨風飄揚；每一艘船上都有侍衛，他們帶著嚴肅的表情站在船頭。

船隊中間有幾艘特別巨大的船，船頭刻著一個金色的龍頭，船身畫滿龍鱗。大龍船在黃旗的簇擁下，緩緩駛來。

本來在碼頭邊看熱鬧的人們，這時雙膝一彎，全都跪了下來。「吾皇萬歲，萬萬歲」的呼聲頓時驚天動地，這麼整齊、壯觀的場面，比國慶日閱兵還要好看。

運河邊，有個兩、三層樓高的大桃子，龍船一接近，大桃子「轟」的一聲從中間迸開，同時伴隨滿天的煙火。

原來桃子是個舞臺，裡頭躲了幾百個人，龍船經過

品茶
桃

時，立刻唱歌演戲，好不熱鬧。

這邊仙桃演戲，另一邊也有人在耍特技：走鋼索、吞火、疊羅漢，讓愛佳芬的眼睛好忙；她想看這邊，卻又捨不得離開那邊。

茶樓二樓的窗戶邊，是看熱鬧的最佳景點，樓下的人也都急著蜂擁而上。

「借過借過。」

「人家看不到嘛！」

場面這麼熱鬧，愛佳芬卻發現鄭板橋正要離開。

「小姑娘，你慢慢看，我先告辭了。」鄭板橋說。

「你不多留一會兒呀？」

「皇上嘛，人人有求於他，於是想盡辦法來見他；

我呢，有筆就能畫能寫，何必留在這裡？」他還壓低聲音說：「讓我親眼看到萬歲爺拿印章亂蓋，那我更會受不了。我還是去找茶仙，回家泡壺好茶，吟幾首詩吧。」

超時空便利貼

乾隆下江南

清朝的康熙和乾隆是祖孫關係，康熙是爺爺，乾隆是孫子，他們兩人都曾分別六下江南巡視，去的地點雖然都差不多，但是「歷史是面鏡子」，我們從他們南巡這件事上，或許能得到一點啟發。

康熙下江南時方式比較簡樸，帶的隨從至多三百人，主要是看黃河水患，替當地的老百姓解決問題。康熙第一次南巡的時候，一路幾乎沒有停留，晝夜航行，走了三百六十餘里。

有一次，康熙走到一半，地方官員知道皇帝來了，特別準備了華麗的舟船，以備他遊覽之用。康熙到了之後，他不但不坐，還命人將這些船立即拆掉，將材料運到需要的地方；同時，康熙還下旨當地官員必須引以為戒。這樣一來，再也沒人敢在他面前鋪張浪費了。

乾隆一輩子喜歡熱鬧。他下江南除了看治

水，更想看江南的美景，所以他會帶畫家同行，讓畫家把江南景色畫下來。從北京到杭州，沿途乾隆命人建造了三十多個行宮；每建一個皇帝住的行宮就要花費大量的人力、財力，但是誰敢說不對呢？乾隆每次下江南，光是他自己搭乘的船就有五艘，陪他南巡的船隊將近有一千多艘船，走陸路時要用的馬有五、六千匹，整個船隊一路上的吃穿用品，甚至是飲用水，都要沿途的百姓準備。

比較這對祖孫，誰給百姓帶來比較多的幸福？

你覺得呢？

清徐揚的《乾隆南巡圖》。乾隆在位六十年，先後六次下江南，具有一定的積極意義，卻也耗費國家不少人力物力。

柒 皇帝就愛蓋印章

「亂蓋印章？」愛佳芬腦裡靈光一閃，她好像想起什麼，「對了，那幅畫！」

在回到清朝前，她正在看畫嘛！

那幅畫上有個圓形的小城，不就是眼前窗外的揚州城嗎？城外有幾艘大龍船，龍船上的黃旗飄飄。

「就是了，我現在就在畫裡。」她大叫：「還有印章！對對對，我拿了一根茶匙，不小心碰到了乾隆皇帝蓋的印章！」

愛佳芬好興奮，用力推開窗前的人，然後探出頭去，扯開喉嚨大叫：「謝平安，你在哪裡？」

謝平安當然聽不到她的聲音。

他在人群裡，只覺得渾身難受，恨不得找個空曠的地方吃根冰棒。他咬著牙，用力的推呀推，擠呀擠，好不容易，他終於覺得有股清涼的風吹過來。

「我要出去。」他用力向前推。

沒想到，四周的人們卻在一瞬間，全都跪倒了。

謝平安一時重心不穩，整個人往前倒，又被前頭跪下來的歐巴桑的腿絆倒，他就這麼咕咚咕咚的向前滾出去。

幸好，他學過前滾翻，他直直的向前滾了兩、三圈，直到滾到一雙金黃色的鞋子前面，才停了下來。

四周突然一下子安靜下來，謝平安偷偷把頭抬起來。

那雙鞋子的主人看起來很有威嚴，他穿著黃色的袍子，袍子上繡著幾條金色的龍。

這會兒，他也正盯著謝平安。

謝平安揉揉頭。「你……你是誰呀？」

後頭幾十個人同聲大喝：「放肆！」

他們的聲音很大，嚇得謝平安往後退。可是他才往後踏了一步，身後的人又把他頂回來。

穿黃袍的男人擺擺手，笑著說：「人家說江南好山好水好人才，果然沒錯，連個小娃娃都這麼可愛。」

他拍拍手，後面立刻有人捧來一個盒子；黃袍男人打開盒子，對著謝平安的臉上東看西看，看了好久，最後拿了一個小印章，在謝平安的額頭上蓋了一下。

那一下，讓謝平安覺得額頭涼涼的。

黃袍男人身後的人又說話了：「還不快向皇上磕頭道謝。」

「皇上？他是乾隆皇帝？」謝平安喃喃自語的樣子，讓乾隆笑了。

乾隆皇帝笑起來的樣子很親切，一點兒都不嚴肅，謝平安還發現他的牙齒很白。

皇上擺擺手，大步走了。

跟在他後面的人，像是大臣、侍衛、商人，也全走了。

「皇上對我笑耶……」謝平安還在發呆。

皇上是對他笑，但是，又怎樣呢？

過了一會兒他回過神，正想要站起來，恰好跪在地上的人們發現皇帝已經走遠，他們都高興的站起來。這下子不得了，本來空曠的地方一下子又變得擁擠。在場至少有幾萬個人吧？這些人像一波瘋狗浪湧來，而浪頭就在謝平安附近。

「別再擠了好不好？」他大叫。

除了叫，他還得用力推。

推呀擠呀，當他的鼻子衝出人群時，腳卻已經懸空——底下是運河啊！

他想後退，可是人潮擠得他向前一撲，他就這麼掉下去。

「唉呀！」茶樓上的愛佳芬，恰好看到謝平安掉進河裡的那一幕。

「唉呀！」謝平安大叫一聲，隨後發現他只是掉進一艘小船。

船很小，又沒綁好，他一掉下去，船「啪啦」一聲，被河水一帶，就這麼盪了出去。

愛佳芬急得從茶樓往下跑到外面，她邊跑邊叫：「謝平安，快回來，我找到回去的鑰匙了。」

她說的鑰匙，其實是一根茶匙，汪士慎沒帶走，被擺在桌子上。

只是，謝平安聽不到，因為距離實在太遠了。

這艘小船沒有槳，順著嘩嘩的河水漫無目的的漂。

「救命呀！」謝平安大喊。

沒人聽見，大家都只顧著看乾隆皇帝進城。

「救命呀！」他拚了命的大叫。

但是鑼鼓咚咚鏘，水聲嘩啦啦，他喊破喉嚨也沒人聽到。

愛佳芬身為班上大隊接力賽的最後一棒，跑得很快；只是揚州城裡現在到處人擠人，等她終於跑到碼頭邊，謝平安的船已經成了遠遠的一個小黑點。

「謝平安，等等我，我找到鑰匙了。」

愛佳芬繼續跑，沿著運河彎彎曲曲的跑。

超時空便利貼

愛蓋印章的皇帝

中國畫講究留白，水墨畫中，故意留下一點空白，給人一種朦朧美感。為了不破壞這種美感，畫上很少題字，就算要題字，多半也是寫幾個小字，再加上姓名落款。如果要蓋印章，那就更講究了，印章宜少不宜多，蓋的位置也要仔細考慮，就怕破壞了這種美感。

不過，這一切的美，碰上了乾隆皇帝就完全沒輒了。

乾隆皇帝很喜歡字畫，他到處蒐集最好的藝術佳品。臺北的故宮博物院收藏的幾十萬件字畫，原來都被收在乾隆的皇宮裡，他有空時就會拿出來欣賞，順便蓋上印章做紀念。

在別人的圖畫上蓋印章？沒錯，乾隆皇帝就喜歡這樣蓋，反正他是皇帝，想怎麼做就怎麼做。而且他還喜歡把一個特大的印章，蓋在圖畫的正上方；蓋完大印不過癮，還會蓋些小印在四周。

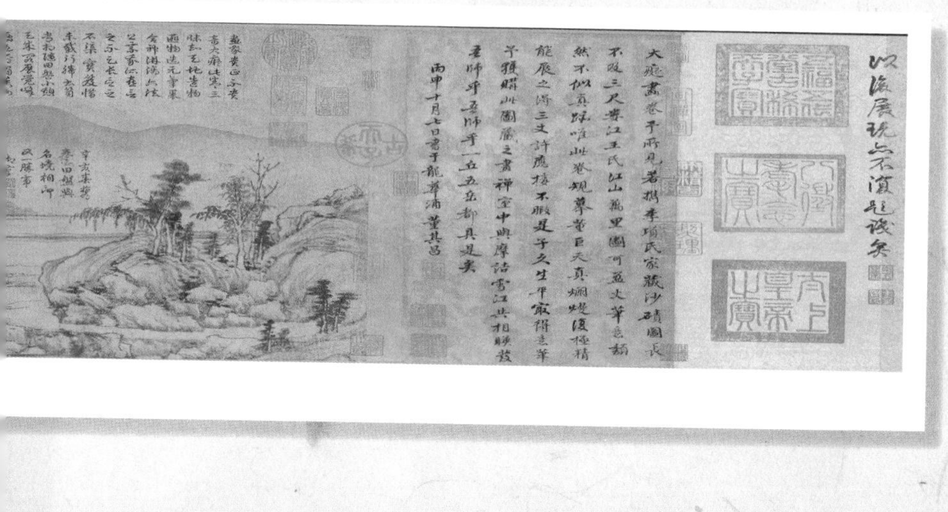

總而言之，只要被他看過的圖，都難逃他的印章攻擊。有時，他還喜歡在畫上題詩寫字，表現他是很有文化氣息的皇帝，結果中國歷代知名的字畫，幾乎都被乾隆蓋滿了印章。

像下面這幅黃公望畫的《富春山居圖》是乾隆皇帝最愛的畫作之一，他去富春江時就把它帶在身邊，每當走到和畫裡相同的景點時，他就在畫上提筆詠懷，於是這幅畫就變成現在的模樣，美不美呢？就由你來判斷。

下次去故宮，挑幾幅特別有名的字畫看看吧，畫上最多、最大的印章，大多數都是乾隆皇帝的傑作。

這幅黃公望的《富春山居圖》，乾隆皇帝在上面蓋了許多章，寫了許多字，連畫裡都有。

捌 滿山的霧氣黃旗飄

這條運河會一直通到北京，謝平安坐在小船上不斷的祈禱：「神啊，我不想留在清朝，只要讓我回去，我一定會認真上課，再也不敢缺交作業。」

風吹著他光亮亮的額頭，他睜開了眼，看見有個粉紅色的影子正快速的跑過來。

那是……「愛佳芬！」他樂得跳了起來，船狠狠的晃了一下。

謝平安以為船要翻了，嚇得趕緊趴下來。

幸好沒有，船只是緩緩的轉了方向。

他搖搖船身右邊，船又轉到右邊——原來這招有效。謝平安就這樣持續搖著船，船漸漸的往右邊移動，然後碰到了岸邊。

等愛佳芬趕到時，謝平安已經安全的跳下船。

「謝平安，我找到鑰匙了，」她揚揚手裡的茶匙，「現在，只差乾隆皇帝的印章。」

「乾隆？」

「別擔心，反正揚州城裡到處有他蓋的印章。」愛佳芬拉著他就想跑。

謝平安突然停下腳步。

「快走呀！」愛佳芬吼他：「你真的想留在清朝搖珍珠奶茶呀？」

「不，」他指著自己的額頭，「你看！」

「乾——隆——御——覽！」愛佳芬愈唸，疑問愈多：「乾隆皇帝什麼時候在你額頭上蓋印章？」

「這……這說來話長。」

「那就等回家之後，你再慢慢說吧！」愛佳芬把茶匙靠上謝平安的額頭。

風吹光起。

這回他們心裡都有準備了。

河邊的垂柳變得張牙舞爪，謝平安的身後發出一道強光，四周景物開始扭曲變形。

愛佳芬和謝平安連忙把眼睛閉上。

一陣天旋地轉——他們又回到船上了嗎？否則怎麼連站都站不住？

幸好，經歷的時間不太長，現在他們都習慣這種搖晃了。

搖搖晃晃，等到騷動停止，愛佳芬立刻張開眼睛。

他們又回來了。

滿室的茶香，整山的茶園，輕柔的霧氣在窗外

探頭探腦。

「玄章老師呢？」愛佳芬東張西望，「他沒回來嗎？」

「他在那兒！」謝平安說。

茶園裡，玄章老師張開雙手，正在享受涼風和茶香呢。

愛佳芬衝過去，笑著對他說：「老師，你這回是扮成誰呀？船老大嗎？還是鄭板橋？」

「扮誰？你在說什麼呀？」

「你不要再裝了啦，剛才我和謝平安回到清朝……」

「清朝？你是說，你們又回到古代……」

「對呀，老師，難道你不知道？」謝平安點點頭說：「乾隆下江南，他還在我額頭上蓋了個章。」

「真的呀，那你的額頭可值錢了，快快快，把謝平安送去古董店。」玄章老師說。

愛佳芬看看謝平安，他額頭上的印章，已經成了淡淡的一團紅暈。

「不見了啦！」

「不見了？好可惜呢！」玄章老師似笑非笑的說：「如果還在，那就會變成大新聞了。」

「老師，我們真的回到清朝了！」謝平安說：「吼，老師，我告訴你……」

「對呀，還有……」愛佳芬也有很多話想說。

師生三人沿著山上的茶園邊走邊說。霧氣飄過來，當然也飄過去，飄進山谷裡那間放滿茶的房子。霧氣還鑽進房子裡。如果你仔細看，一定會看到，牆上的《乾隆南巡圖》上的旗子，在霧氣裡緩緩的飄動。它動得很慢，你要很仔細才看得到。什麼？你不相信？

喔！這裡是可能小學，沒有不可能的事！

真的。

絕對可能會客室

歡迎大家來到「絕對可能會客室」。你知道古時候的人怎麼證明身分呢？為什麼姑娘不嫁搖船郎？中國的運河為什麼只有南北向？為什麼運河的水不能拿來灌溉？

不清楚？不明白？別擔心，讓我們用掌聲歡迎乾隆皇帝的分身「阿子」上場，請他為大家說清楚、講明白。

印章不騙人

：歡迎乾隆皇帝駕到。

：皇上吉祥！

：不好意思，皇上正在江南考察，沒空過來。

：那我們歡迎鄭板橋先生……

：鄭先生忙著畫畫，也沒時間來。

：皇上沒空，畫家趕畫，那……你是誰呀？

：我是乾隆皇帝「古希天子」印章上的「子」字，我叫阿子，三聲「ㄗˇ」。

：阿子，你能代表乾隆皇帝？

：當然。以前的人用印章代替簽名，乾隆皇帝隨身帶著我，看到喜歡的字畫，把我往畫上一蓋，就代表他已經看過了。所以，我就是「他」。

：你就是皇帝？

：古時候的人，認章不認人，當官要有官印，寄信要蓋泥封。拿銀票時，也會在銀票上蓋印章，蓋完後銀票撕成兩半；去領錢時，只要把它們合起來，印章相符，就能領到錢。

：如果印章丟了怎麼辦？我本人去領錢不行嗎？

：不行，古人認為印章不會騙人，只有人才會騙人。所以，古代的人見到我，就像見到皇帝一樣，也要跪下來磕頭請安問好呢！

為什麼開鑿運河？

：阿子，為什麼要挖那麼長的運河？

：嗯，這其實跟地理有關。中國是一塊很大的陸地，長江以南河流多，平原多，自古就是魚米之鄉；而北方是黃土平原或高原，雨水少，氣候冷，只能生產小麥。因為南北不同……

：所以才要開運河，讓運輸便利。

：對。不過，最早的運河，主要是用來打仗的。

：打仗？

：在兩千多年前，吳國有個名叫夫差的國王，他為了帶兵北上打仗，修築了一條運河，用運河來運送軍隊和軍糧。

姑娘不嫁搖船郎

：可是，好奇怪喔！為什麼只有南來北往的運河，沒有東西向

的運河呢？

：你問得很好。中國的地勢西邊高、東邊低，河水從西邊來，只能往東方流。所以東西方的運輸，只要利用現成的河道，像黃河、長江，船順流而下，就可以把貨物宅配到家。

：原來送貨這麼方便。

：不，一點都不方便。運河流得慢，船一天大概只走十五公里，從南方送到北方的貨物，一年最多來回一趟。

：一年才來回一次？

：是呀，而且船工的工作很辛苦，那時有首歌這麼唱：

運河水，千里長，

千船萬船運皇糧；
漕米堆滿艙，
漕夫餓斷腸；
姑娘不嫁搖船郎。

：還好我們回到現代了，不然留在清朝運皇糧，就慘了。

：對呀，不然你就只能當船工。

：哼！那你就只能嫁搖船郎。

大地的一串貢丸

：開挖一條一千六百公里長的運河，一定很辛苦吧！

：當然辛苦嘍，古代沒有器械，一切只能靠人力。為了節省人力，他們把天然河道和湖泊串連起來，一段一段的挖掘，一段一段的連結。

：圓圓的湖泊一個個串起來，好像在串貢丸喔。

：哎！你真是沒想像力，那麼漂亮的湖泊，被你形容成貢丸；你怎麼不說「運河像一條絲線，串起大地上一顆顆藍寶石」。

：我比較實際，貢丸好吃又營養嘛。

最重要的事

：吃吃吃，你就愛吃！

：古人說，民以食為天，吃飯是很重要的事。運送糧食的工作，

在古代叫做漕運。當時的人說，如果三個月看不到糧船，皇帝就會煩惱；六個月糧船沒到，京城裡就會鬧饑荒；如果一整年見不到糧船的蹤影，人民沒飯吃就會起來暴動，嚴重的話，國家甚至會滅亡呢。

：哇！好可怕喔！

：因為運河這麼重要，所以古人甚至規定運河的水不能用來灌溉，最多只能當成飲用水。

：可是運河的水那麼混濁，怎麼喝？

：那時沒有自來水，運河又流過你家門口，你喝不喝？

：喝。那我需要每天自己去提水嗎？

：你可以請挑夫幫你挑水，也可以向獨輪車的水車買水。

：獨輪車？

：把兩個水缸掛在獨輪車邊，上面的大孔是注水口，下面的小孔用軟木塞塞住；只要拉出軟木塞，水就流出去了。注水之前，還要先把水缸洗一洗；因為運河水很混濁，缸子底下都是黃泥湯，古人會放一塊明礬進去，只要一天，黃泥被沉澱，水就清了。

：我還是喝家裡的自來水——運河水，免了吧。

：今天很謝謝阿子到絕對可能會客室來。

：希望下回有機會再請你來上會客室，讓大家更了解清朝的故事。

絶對可能任務

第1題

乾隆皇帝愛蓋印章，書畫要蓋，奇石要蓋，好樹、好亭子，甚至好牆壁他都想要蓋。不過他蓋完才發現，有些印章不是他的，你能圈出來嗎？

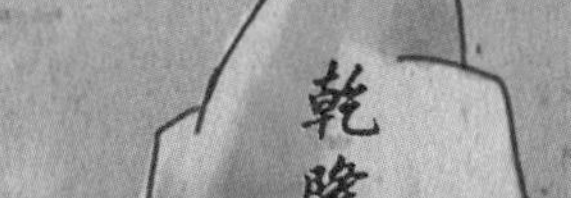

解答：

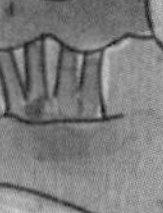

第2題

鄭板橋是個好人，做官時時為百姓謀福利，回鄉賣畫也不賣有錢人。他擅長畫竹子蘭花，自己在門外還貼了一張價格表：

大幅六兩，中幅四兩，小幅二兩，條幅對聯一兩，扇子斗方五錢。凡送禮物食物，總不如白銀為妙；公之所送，未必弟之所好也。送現銀則中心喜樂，書畫皆佳。禮物既屬糾纏，賒欠尤為賴帳。年老體倦，亦不能陪諸君子作無益語言也。（意思是：你如果要送我禮物，不如給我現金，因為你送的不見得我喜歡啊，而且要一手交錢一手交貨，請不要賒帳。）

你能根據這個價目表，替鄭板橋畫張廣告單嗎？

第3題

鄭板橋有幅字，勸人要難得糊塗，不過，這兩幅字看起來很像，其實有小小的差異，你能圈出來嗎？

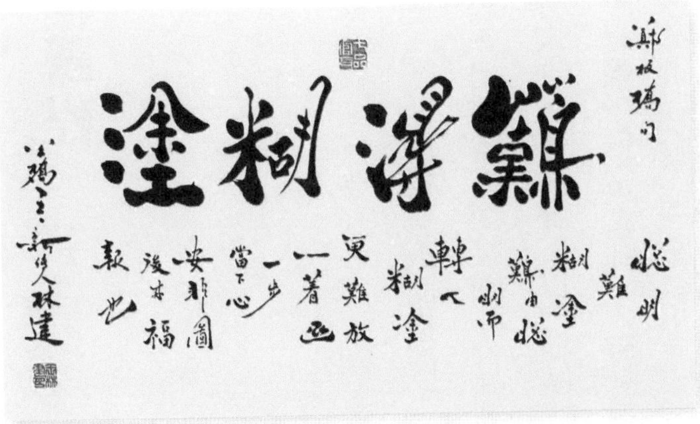

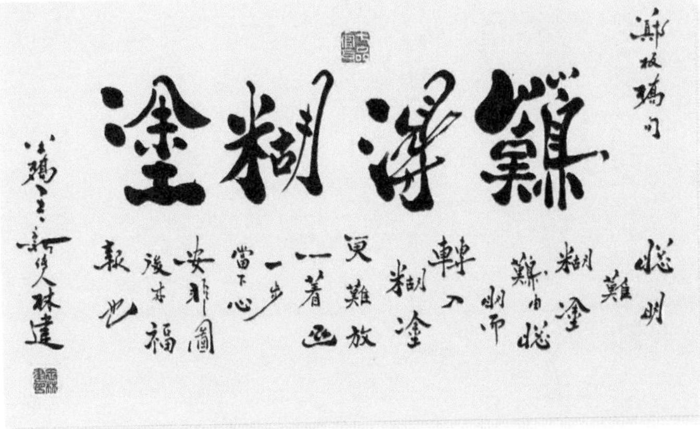

作者的話

有這麼一種課程

那時，我還是小孩子。坐在教室，聽著社會課老師上課。

社會不像國語，國語課能玩成語接龍，寫寫童話。

社會不比自然，自然課常到校園抓青蛙，看小花。

社會也不比美術課，美術課可以捏泥巴，發揮想像力，在紙上塗塗畫畫。

我暗暗發誓，有朝一日當老師，絕對要把社會課教得生動又有趣，讓小朋友都愛上它。

時間飛逝，歲月如梭，眨眼間，我已經長大，真的變成老師，也教起社會。

社會領域很寬廣，它包含歷史、地理和公民。

歷史在遙遠的時間那頭；地理在寬闊的空間那邊；公民教的某些東西，鄉下沒有。

有的課，我可以放錄影帶；有的課，我可以拿掛圖；有的課，我們可以玩角色扮演。但是更多的課，我還是一樣要比手劃腳、口沫橫飛。

雖然我極力想改變，但是，一切好像都很難轉變。

這讓我想到，如果能把知識變成生活，小朋友親身經歷一遍，根本不必我來講，小朋友一定能記得牢，對不對？

這又讓我想到，為什麼不辦一所這樣的學校？

「可能小學」，它立刻在我腦裡閃呀閃呀，金碧輝煌的朝我招手。

在可能小學裡，什麼事都是有可能的。

「歷史」是我最先想到，現實無法重演的課。

像是秦朝，兵強馬盛但是律法嚴苛。犯人抓太多，抄寫名錄的隸官將文字偷減筆畫，簡化後的字，不管是隸書、楷書、行書，都是從那時之後才大勢底定，源遠流長直到千年後。

所以，你想不想到秦朝去看看，感受一下秦代的氣氛，體會一下古人的生活？絕對比坐在課堂裡還要精采一百倍。

唐朝是中國古代盛世，但是，到底有多興盛呢？

單單以長安城來說，就住了上百萬的人口。這上百萬人要喝水，得有多大的水庫呀？要吃飯，得運來多少的稻米呀？

連大便坑都得準備幾十萬個，夠偉大了吧！

那時，世界上有很多人都想到中國，中國的留學生玄奘卻反其道而行，經過陸上的絲路，千里迢迢去印度取經，從此，梵音繚繞，直到今天。

到唐朝享受那種國際化的感覺吧！

明朝的鄭和下西洋，比哥倫布早了幾百年。哥倫布發現新大陸，歐洲人從此在美洲大陸占地為王，滅了印加文明；鄭和航行到非洲，帶著媽祖與各國建立友好關係，幾個國王甚至隨他回南京，願意葬在中國，這又是怎麼回事？

海上的絲路，陸上的絲路，交相輝映，那是我們不可不知的歷史。

還有一條運河，也很精采。大家一定聽過楊貴妃吃荔枝，必須用快馬傳送，才能在賞鮮期限前送到長安城。

可是古代的稻米如果要這麼送來轉去，絕對會累死幾萬頭可憐的馬匹、牛隻。養馬很貴，牛車很慢，古人動腦想到運河，經過上千年的挖掘，終於挖成一條全世界最長的京杭大運河。

有了這條河，南方、北方暢行無阻；有了這條運河，康熙、乾隆皇帝才能常到江南去品美食，賞美景。

到清朝搭船遊一段運河吧！感受江南的風光，看看乾隆皇帝為什麼亂蓋印章，哈，絕對有趣！

這是沒有教室的課程，這是感受真實生活的課程，推薦給你，希望你能學習愉快，收穫豐足。

還等什麼呢？把書打開，跟著謝平安、愛佳芬回到古國去吧！

推薦文一

從歷史學習智慧

◎中央大學認知神經科學研究所創所所長　洪蘭

歷史是每一個民族的根本，它是一個歷程，記錄這個民族從甲到乙時間和空間上所發生的事。每一個民族都很注重它的歷史，如果沒有史，編也得編一個出來，以向後人交代祖先是怎麼來的。像臺灣這樣不注重史，還要去之而後快，真是千古少有。沒有根的樹是活不長的，看到現在政府用公權力大力的讓子民遺忘祖先的故事，真是深以為憂。

俗語說「兒不嫌娘醜」，不管過去的歷史是如何不堪，都應該珍惜它；它是「己身所從出」，是祖先走過的痕跡，飲水要思源，不可忘本。孔子說：「見

賢思齊，見不賢而內自省。」歷史不可隱藏也不可抹煞。「在晉董狐筆」就是史官最好的典範，更何況我們有著全世界獨一無二的輝煌燦爛歷史，我們怎麼可能不叫孩子去讀自己的歷史，不讓他知道自己的祖先曾經創造出連現代高科技都做不出來、像馬王堆出土的蠶薄紗的文明？

不讀史，無以言

孩子的成長過程需要一個榜樣，好讓他立志效法，「養天地正氣，法古今完人」曾是我們教育孩子的準則。歷史上有這麼多可歌可泣的榜樣，我們希望孩子長大成為正直有志節的人，現在卻為了意識型態，畫地為限，在渡黑水溝以前的歷史，統統不教了，把祖先留給我們最珍貴的文化遺產，一盆水全潑了出去，我深覺可惜。

很多人覺得現在的年輕人膚淺，一問三不知，只會追星、穿名牌。細想起來，這是我們的錯，怎能怪他們？孔子說：「不讀詩，無以言。」我更認為「不讀史，無以言」，是我們沒有好好教育他們，沒有給他們深

度。所以現在看到也有人感覺到孩子不讀史的危險，願意寫歷史，出版歷史給孩子看，做為一個知識分子，我怎能袖手旁觀，不盡一份棉薄之力呢？

唐太宗曾說：「以銅為鏡，可以正衣冠；以古為鏡，可以知興替；以人為鏡，可以明得失。」一千百年來，物換星移，滄海桑田，只有人性未變，讀史正是可以知興替，可以使自己不重蹈前人的覆轍。歷史教我們的其實就是智慧。我常覺得一個學校中，最重要的是歷史老師，一個會說故事的歷史老師可以兼教公民課程，他可以用說故事的方式將倫理、道德、價值觀帶給學生。只要把學生讀史的興趣帶起來，讓孩子自己去讀史，讀多了，國文程度會好，因為了解典故就會用成語和比喻，就可以增加文章的文采；語文能力好了，學別的科目也容易了。

這套書用孩子最感興趣的時光機器把孩子帶回古代，讓他們身歷其境去體驗古人當時的生活。例如在秦朝只有犯人才會剃頭、剃鬍，難怪我們看到的兵馬俑都是留著大鬍子。

因了解而得到的知識是長久的，但願孩子們都能從歷史中去認同我們的祖先，了解他們一代一代的哲學思維與藝文創意，以他們所成就的人類文明為榮。

推薦文二

一趟文化之旅

◎前臺東大學兒童文學研究所所長　張子樟

王文華這四本【可能小學的歷史任務Ⅰ】系列（《秦朝有個歪鼻子將軍》、《騎著駱駝逛大唐》、《跟著媽祖遊明朝》和《搖啊搖，搖到清朝橋》）是所謂的「歷史故事」的一種：藉虛構的男女主角回到從前的某個時空，此時空的人物確實存在於歷史記載中，當時的人事物的敘述必須精確，出現的確實是存在的昔日人物，但只是配角，文物的描繪也必須恰如其分，不可任意杜撰。可以虛構的部分只有情節，例如今人與古人在過去時空中巧遇，形成另一套故事。

作者選取了中國歷史上的四個重要朝代：秦、唐、明、清。這四個

朝代武功鼎盛、與外族接觸也相當頻繁，因此文化交流不斷，催生新的文化。當然，與外族接觸不見得完全是主動，有時是大環境所逼，不得不去面對，尤其在每個盛世步向衰微之時，這點清末時期最為明顯。幸好作者選取的是清初國力強盛的乾隆年代，這種顧慮也就自動消除了。

閱讀的三個基本功能

專家學者認為給兒童閱讀的書籍有三個基本功能：提供樂趣、增進了解，與獲得資訊。他們強調，童書的書寫內容必須以樂趣為主，先吸引孩子主動打開書本，然後再從樂趣的描述中帶入「了解」與「資訊」的相關訊息。

細讀這套書，我發覺這三種功能可以並列，沒有先後之分，可以同時達成。四本書的趣味性都很高，但在閱讀當中，作者隨時加入類似「視窗」的「超時空便利貼」（好炫的名字！），增加讀者對故事背景安排的了

解，當然同時也提供了不少相關資訊。最後透過「絕對可能會客室」的問題與討論，試圖澄清、說明或解釋該朝歷史最容易被現代人誤會或誤傳的部分，使小讀者看完故事後，同時達成閱讀的三個重大功能。作者用心良苦，值得稱讚。這些隨時補充的有趣歷史小知識，能讓孩子充分理解透過「看故事」而「學歷史」的過程與意涵。

老少三主角

　　這套書的重要角色有三：謝平安、愛佳芬與玄章老師。謝平安與愛佳芬就像一般的小四男女生一樣：求知欲強，對周遭的一切變動的或不變動的人事物都十分好奇，愛現以力求表現，喜歡動手動腳，觸碰「不應該」觸碰的東西，例如竹尺、象鈴、平安符、茶匙這些連接現在與過去之間的「鑰匙」，然後到相關的朝代冒險走一趟。雖然險象環生，但絕對不致於險遭不測，不然的話，謝平安、愛佳芬哪有機會繼續闖蕩中土、穿梭各個朝代？王文華老師的故事也就沒辦法再說下去了。

或許有人會問：故事中竹尺、象鈴、平安符、茶匙這些所謂的「鑰匙」，與西方奇幻故事中的「過門」（threshold）是否一樣？依據學者的說法，「過門」是介於「第一世界」與「第二世界」之間的一道關卡或通道。「第一世界」指上帝創造的我們生活的現實世界，而「第二世界」則是作家虛擬的空間，所以我們翻開《魔戒》或《龍騎士》時，會發現一張作者繪製的地圖、一個我們現存世界找不到的地方。如果故事熔現實與奇幻於一爐時，「過門」就得出現了，例如衣櫥（《納尼亞傳奇》）、月臺（《哈利波特》）、書（《說不完的故事》）等。然而「可能小學」這套書的「鑰匙」雖有「過門」功能，但謝平安、愛佳芬闖入的空間確實存在過，他們是藉這些「鑰匙」回到過去，與古時名人過了一段有趣冒險的生活，「鑰匙」的功能比較接近《湯姆的午夜花園》中，那道湯姆在午夜鐘敲十三響時推開通往花園的門。

看完了上面這段「超時空便利貼」後，我們不能忘了書中另一個關鍵人物——玄章老師。表面上，他是一位上起課來可以讓學

生昏昏欲睡的古板老師，可是他一帶動「戶外教學」時，精神就來了，有若另一個老師。謝平安和愛佳芬常在另一時空裡找到這位老師的「影武者」（如秦朝的秦墨、明朝的大鬍子叔叔等）。讀者思考一番後，不難發現他似乎扮演了「智慧老人」的角色。當然，如果認定玄章老師是作者的化身，也未嘗沒道理。

文化之旅的滋味

就字數而言，這套書的層級比一般橋梁書稍高，但內容適合國小中、高年級與國中一、二年級閱讀。這套幽默、有趣的好書，讓我們隨著謝平安和愛佳芬到中國四大朝代盛世遊歷一番，見識固有文化高貴優雅的一面。

我們徜徉於兵馬俑、唐詩、佛經、對聯、船隊這些文化積澱的同時，也領略到作者非凡的改寫能力（如《西遊記》的互文奇思）。我們一邊快樂閱讀、一邊用力思索，腦海中不時浮現一幅幅由文字轉化而成的動畫：沙漠上的駱駝鈴聲、繁華京城的鼎沸人聲、運河上行駛的船隻、大海上揚威異域的船隊……似乎

在我們眼前一一閃過。藉由書中的竹尺、象鈴、平安符、茶匙，我們隨著兩位可愛頑皮的小四生，分享了他們驚險有趣的旅程，滿載而歸。原來，文字推介的文化之旅是如此令人興奮難忘！

可能小學的歷史任務 I：

搖啊搖，搖到清朝橋

作　　者｜王文華
繪　　者｜林廉恩

責任編輯｜李幼婷、楊琇珊
特約編輯｜許嘉諾
美術設計｜也是文創有限公司
行銷企劃｜葉怡伶

天下雜誌群創辦人｜殷允芃
董事長兼執行長｜何琦瑜
媒體暨產品事業群
總經理｜游玉雪
副總經理｜林彥傑
總編輯｜林欣靜
主編｜李幼婷
版權主任｜何晨瑋、黃微真

出版者｜親子天下股份有限公司
地址｜台北市 104 建國北路一段 96 號 4 樓
電話｜（02）2509-2800　傳真｜（02）2509-2462
網址｜ www.parenting.com.tw
讀者服務專線｜（02）2662-0332　週一～週五：09:00~17:30
讀者服務傳真｜（02）2662-6048
客服信箱｜ parenting@cw.com.tw
法律顧問｜台英國際商務法律事務所・羅明通律師
製版印刷｜中原造像股份有限公司
總經銷｜大和圖書有限公司　電話：（02）8990-2588

出版日期｜ 2008 年 1 月第一版第一次印行
｜ 2023 年 6 月第二版第十次印行
定　　價｜ 280 元
書　　號｜ BKKCE024P
ISBN ｜ 978-957-9095-33-4 (平裝)

訂購服務
親子天下 Shopping ｜ shopping.parenting.com.tw
海外 ・ 大量訂購｜ parenting@cw.com.tw
書香花園｜台北市建國北路二段 6 巷 11 號　電話（02）2506-1635
劃撥帳號｜ 50331356 親子天下股份有限公司

國家圖書館出版品預行編目資料

搖啊搖，搖到清朝橋 / 王文華文；林廉恩圖. -- 第二版.
-- 臺北市：親子天下，2018.02
128 面；17 X 22 公分. -- (可能小學的歷史任務. I；4)
ISBN 978-957-9095-33-4(平裝)

859.6　　106025548

圖片出處：
p. 32, 33, 46, 67 By Shutterstock.com
p. 33（右圖）繪圖 / 蔣青滿
p. 47 By Giuseppe Castiglione [Public domain], via Wikimedia Commons
p. 57 國立故宮博物院
p. 67（上圖）By Lu Yu (my book) [Public domain], via Wikimedia Commons
p. 80-81 By Xu Yang (Chinese, active ca. 1750–after 1776) [Public domain], via Wikimedia Commons
p. 90-91 By Unknown [Public domain], via Wikimedia Commons